AF366162

El Príncipe

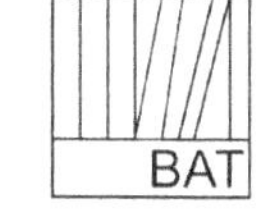

BAT

Biblioteca Andreu Teixidor

Joan Teixidor
El Príncipe

Versión de
J. Corredor Matheos

Prólogo de
Salvador Espriu

© Herederos de Joan Teixidor
© Para la traducción J. Corredor Matheos
© Para el prólogo herederos de Salvador Espriu
© Para esta edición Bubok Publishing S.L., 2009

1ª Edición
ISBN: 978-84-9916-147-1
DL: PM 1318-2009
Impreso en España / *Printed in Spain*
Impreso por Bubok

Índice

Prólogo

Al marge i més enllà de la Literatura, pel dolor i pel propòsit que l'han dictat, em decantaria a considerar aquest llibre de bellíssim nom, "el Príncep", amb què la madura i reflexiva ment de Joan Teixidor aconsegueix, al meu parer, una de les fites importants de la nostra lírica contemporània. En llegir-lo, m'ha semblat entendre el que vol dir Simone Weil, quan assegura que estimar la veritat significa suportar el buit i, en conseqüència, acceptar la mort. Joan Teixidor s'ha hagut d'encarar amb el buit i ha admès virilment que "la veritat és de la banda de la mort". I emprengué, en avançar pel difícil camí de la veritat, enllà de la buidor, una arriscada recerca del sentit del seu món destruït per la mort, del món que només pot intentar de fer reviure el record guiat per la Poesia. El guany d'aquest martiri ha estat un dels més nobles cants elegíacs que conec, i potser (i desitjo que així sigui), en acceptar, refusant-se sempre a la pròpia llàstima, l'anihilament, no del "jo", sinó de quelcom més

Por el dolor y por el propósito que lo han dictado, me inclinaría a considerar este libro de bellísimo nombre, «El Príncipe», con el cual la madura y reflexiva mente de Joan Teixidor consigue, a mi entender, uno de los hitos más importantes de nuestra lírica contemporánea, como algo al margen y mas allá de la Literatura. Al leerlo, me ha parecido entender lo que quiere decir Simone Weil cuando asegura que querer la verdad significa soportar el vacío y, en consecuencia, aceptar la muerte. Joan Teixidor se ha tenido que enfrentar con el vacío y ha admitido virilmente que «la verdad está de parte de la muerte». Y emprende, avanzando por el difícil camino de la verdad, más allá del vacío, una arriesgada búsqueda del sentido de su mundo destruido por la muerte, del mundo que solamente puede intentar hacerlo revivir el recuerdo, guiado por la poesía. Fruto de este martirio ha sido uno de los más nobles cantos elegíacos que conozco y, quizá (y deseo que así sea), al aceptar, rechazándose siempre la propia

estimat que el "jo", la conquesta d'una aspra, cremadora, solitària pau.

Certament, el poeta se sap infeliç i alt i no vol ser compadit. Parla dintre seu, amb els llavis d'ell, una allunyada veu que ja no serà, si no és així, mai més entre nosaltres. Mai més en aquest món, car l'objecte de l'apassionada recerca és el vestigi de l'enyorada veu en el món, un humil i únic món perdut, i no pas la llum sobrenatural, que altrament s'afableix sovint, més i més, si hom en fa un inadequat objecte de recerca. En un dia "llarg com la història dels homes", el poeta comença l'íntima peregrinació que li permetrà de trobar i transmetre'ns el seu missatge. Ens diu com sempre ha sentit la primavera nova, però ha finit el seu antic impuls, s'envelleix de sobte i tem la vida que l'espera "ésser un altre enllà del seu silenci". Demana amb desesperades paraules vèncer l'Àngel, com Jacob, i que es faci, una vegada només, la seva voluntat. Amb un clam que moderna-

conmiseración, el aniquilamiento, no del «yo», sino de algo más amado que el «yo», la conquista de una áspera, ardiente, solitaria paz.

Ciertamente, el poeta se sabe infeliz y alto y no quiere que le compadezcan. Dentro de sí, habla, con los labios de él, una voz lejana que no estará ya nunca más entre nosotros si no es de esta manera. Nunca más en este mundo, ya que el objeto de la apasionada búsqueda es precisamente el vestigio de la añorada voz en el mundo, un humilde y único mundo perdido, y no la luz sobrenatural, que, por otra parte, se debilita a menudo, cada vez más, si se la convierte en inadecuado objeto de búsqueda. En un día, «largo como la historia de los hombres», el poeta comienza la intima peregrinación que le permitirá encontrar y transmitirnos su mensaje. Nos dice como ha sentido siempre la primavera nueva, pero el antiguo impulso ha muerto, envejece de pronto y siente miedo ante la vida que le aguarda, «ser otro más allá de su

ment no té igual, entre nosaltres, sinó en Alcover, prega Déu, des de la vall de les ombres de la mort, i voldria el que ja sap que no li serà concedit, per la humaníssima basarda que li fa de rebre's un altre enllà del seu silenci. Li pesa tot el cap i el cor, i mira la tarda anunciadora de la mort victoriosa. Amb l'encanteri romput, viurà des d'ara fora de port, com una inútil barca embarrancada. Aprendrà aleshores la inclement duresa de la pedra i de l'aigua, d'aquesta aigua que ja no serà mirall del rostre perdut, del somriure esborrat rera el crepuscle i la boira. I el poeta profereix, contra els altres homes, uns mots blasmadors i sarcàstics:

> *Em sou llunyans, vosaltres que ignoreu*
> *aquesta mort que creix totes les hores.*
> *És per això que trepitgeu tan fort.*

Sí, a causa d'aquesta ignorància absoluta, d'aquesta ignorant impietat, els homes trepitgen fort i cerquen el plaer i avorreixen l'esforç. Perquè és segur, alliçona el poeta,

silencio». Pide con desesperadas palabras vencer al ángel, como Jacob, y que se haga, una vez tan sólo, su voluntad. Con un clamor que modernamente no tiene igual, entre nosotros, salvo en Alcover, reza a Dios, desde el valle sombrío de la muerte, y querría lo que ya sabe que no le será concedido, por el humanísimo pavor que siente de sentirse otro más allá de su silencio. Le pesa la cabeza y el corazón, y contempla la tarde anunciadora de la muerte victoriosa. Con el encantamiento roto, vivirá desde ahora fuera de puerto, como una inútil barca embarrancada. Aprenderá entonces de la inclemente dureza de la piedra y del agua, de esta agua que ya no será espejo del rostro perdido, de la sonrisa borrada tras el crepúsculo y la niebla. Y el poeta profiere, contra los demás hombres, unas palabras condenatorias y sarcásticas:

> *Y que lejos os siento, vosotros que ignoráis*
> *esta muerte que crece a todas horas.*
> *Por esto pisáis fuerte.*

que, si intensament s'obre pas la veritat, com el llampec ens venç i ens destrueix. I els homes no volen pas morir, i contemplar la veritat és atansar-se amb perill a la faç de Déu. I ja se'ns ha dit que hom no por esguardar Déu cara a cara sense morir. Tan sols l'extremat dolor, encarant-se amb la veritat, preserva paradoxalment, irònicament, l'home de la mort. El poeta ha posseït la seva ànima, ha posseït en el plor la seva ànima profètica. I, dialogant amb la veu de qui sempre l'acompanya, recorda que només és bell el sofriment que els glaça tots dos, part ençà d'una estranya frontera, estrangers d'un món feliç, ja fora del temps, on llur cant és entonat per a la comprensió de molt pocs.

I, tanmateix, aquest món feliç, ara estranger, ha estat ben concret i delectable. Fou l'encant dels carrers fets d'aigua de Venècia, fou la blavor de la mar d'Empúries: el silenci de les aigües podrides, i als ulls, sempre, la mar tan dolça

Sí, a causa de esta ignorancia absoluta, de esta ignorante impiedad, los hombres pisan fuerte y buscan el placer y se cansan del esfuerzo. Porque es seguro, alecciona el poeta, que, si la verdad se abre paso intensamente, como un rayo nos vence y nos destruye. Y los hombres no desean morir, y contemplar la verdad es acercarse peligrosamente al rostro de Dios. Y ya se nos ha dicho que no es posible mirar a Dios cara a cara sin morir. Tan sólo el extremado dolor, enfrentándose a la verdad, preserva al hombre, paradójicamente, irónicamente, de la muerte. El poeta ha conquistado su alma, ha conquistado en el llanto su alma profética. Y, dialogando con la voz que le acompaña siempre, recuerda que solo es hermoso el sufrimiento que los hiela, a los dos, a este lado de una extraña frontera, extranjeros en un mundo feliz, fuera ya del tiempo, donde se entona su canto para la comprensión de muy pocos.

Y, sin embargo, este mundo feliz, ahora extraño, ha sido muy concreto y deleitable.

d'Empúries. El poeta ha vist el plàtan i l'arbre de les boles i el groc de la mimosa als jardins de Sant Gervasi. Ha sentit el cant del rossinyol en la claror del capvespre, sojornà on tot és quietud tardoral i fou enriquit per l'or del passat. Pregunta a les coses, a la rosa, a l'ocell, al vent, a una lenta nau que "ens porta al son que no té desconhort". Pregunta, quasi balbucejant, per un impossible port de refugi, que no podrà atènyer abans de vèncer el freu darrer, la mort insubornable. Va al cor de la fageda –la fageda il·lustre de les nostres lletres–, bosc endins, per trobar el matí perdut de l'ànima, ara que camina sol. I fa, solitari, pelegrí sense esperança, un trasbalsador viatge, contat en un dels poemes més sobris i més impressionants de l'impressionant recull.

El món perdut fou concret i esplendorós, però un silenci a la vegada miserable i gran regna avui en la buidor que en esfondrar-se deixà. La vida, per al poeta,

Fue el encanto de las calles de agua de Venecia, el azul de la mar de Ampurias: el silencio de las aguas podridas, y, en los ojos siempre, la mar tan dulce de Ampurias. El poeta ha visto el plátano y el árbol de las bolas y la amarilla mimosa en los jardines de San Gervasio. Ha oído el canto del ruiseñor a la luz del atardecer, estuvo donde todo es quietud de tarde y le enriqueció el oro del pasado. Pregunta a las cosas, a la rosa, al pájaro, al viento, a una lenta barca que «nos lleva al sueño libre de aflicciones». Pregunta, casi balbuceando, por un imposible puerto donde refugiarse, que no podrá alcanzar hasta vencer el estrecho último, la insobornable muerte. Va hasta el fondo del hayal —el hayal ilustre de nuestras letras—, bosque adentro, para encontrar la perdida mañana del alma, ahora que anda solo. Y hace, solitario, peregrino sin esperanza, un turbador viaje, contado en uno de los poemas más sobrios y más impresionantes del impresionante libro.

"és més mort que la mort", com ens confessa amb un ressó de la tremenda dialèctica paulina. Espera només, en una vigília suprema, el vent que li ha d'obrir les closes, les enemigues portes. I, per la meditació de la mar i dels temps, s'endinsa, en uns esplèndids poemes, més i més en el seu dolor, fins a un indret on endevinem que ens és defès d'acompanyar-lo. Unes tendres, pudoroses, senzilles paraules finals indiquen al lector el suport històric del llibre, el tràgic sentiment que l'ha motivat. I Joan Teixidor pot repetir sense jactància, al capdavall de la seva prova, les lluminoses paraules d'un text que estima: "Sé estar humiliat i sé tenir abundor". Com a poeta i com a home, ha sabut humiliar el seu dolor i l'abundància del seus dons davant un advers i molt cruel destí.

He procurat presentar austerament aquest severíssim llibre, negant a l'admiració i a l'amistat l'artesana i agraïda crossa dels adjectius. "El Príncep" sobreviurà de molt

El mundo perdido fue real y esplendoroso, pero un silencio, a un tiempo grande y miserable, reina hoy en el vacío que deja al hundirse. La vida, para el poeta, «es más muerte que la muerte», como nos confiesa con un eco de la tremenda dialéctica paulina. Espera solamente, en una vigilia suprema, el viento que le ha de abrir las cerradas, enemigas puertas. Y, a través de la meditación sobre el mar y el tiempo, en unos espléndidos poemas, se adentra más y más en su dolor, hasta un lugar donde adivinamos que nos está prohibido acompañarle. Unas tiernas, pudorosas, sencillas palabras finales indican al lector el soporte histórico del libro, el trágico sentimiento que lo ha motivado. Y Joan Teixidor puede repetir sin jactancia, al término de su prueba, las luminosas palabras de un texto que admira: «Sé aceptar la humillación y gozar de la abundancia». Como poeta y como hombre ha sabido humillar su dolor y la abundancia de sus dones ante un adverso y muy cruel destino.

a l'home que es proposà amb les seves pàgines la perdurabilitat d'un diàleg que terminà en el temps. Jo he assistit a l'agònica aventura amb una emoció molt forta i molt sincera, i em consta que els llegidors d'ara i de sempre l'hauran de compartir profundament.

Salvador Espriu

Barcelona, octubre de 1953.

He procurado presentar austeramente este severísimo libro, negando a la admiración y a la amistad la artesana y agradecida muleta de los adjetivos. «El Príncipe» sobrevivirá de sobras al hombre que se propuso con sus páginas la perdurabilidad de un diálogo que terminó en el tiempo. Yo he asistido a la agónica aventura con una emoción muy fuerte y muy sincera, y me consta que los lectores de hoy y de siempre la habrán de compartir profundamente.

Salvador Espriu

Barcelona, octubre de 1953.

Crido fins al matí;
com un lleó, així tritura tots els meus ossos;
d'un dia a una nit em fas arribar a la fi.
Piulo com l'oreneta,
gemego com la coloma,
estan cansats els meus ulls de mirar enlaire.
Senyor, estic sofrint, protegeix-me!

ISAÏES 38. 13-14

Llamé hasta el amanecer;
como un león, has quebrantado todos mis
huesos;
de la mañana a la noche acabarás conmigo.
Pío como la golondrina,
gimo como paloma;
mis ojos están cansados de mirar a lo alto.
Señor, estoy sufriendo. ¡Protégeme!

Is. 38, 13 y 14.

El Príncipe
El Príncep

La víctima

M'allunyava de tot, amics
i terra i cel. Vanament em cridàveu
quan era absent i nàufrag.
No em compadiu, sóc infeliç i alt
i gairebé sagrat, captiu d'aquest incendi
transfigurant la nit. Hi ha dies
llargs com la història dels homes.
És un instant el que ens salva.
Mai més no seré amb vosaltres.
Quan parlo, sento una veu estrafeta;
només quan callo, dic:
"Estremiu-vos, sóc la víctima marcada,
miro l'altar dels sacrificis."

La víctima

Me alejaba de todo: amigos,
tierra y cielo. En vano me llamabais
cuando estaba ausente, náufrago.
No me compadezcáis; soy infeliz y alto,
casi sagrado, cautivo de este incendio
que transfigura la noche. Hay días
largos como la historia de los hombres.
Es un instante lo que nos salva.
Nunca más volveré a estar con vosotros.
Cuando hablo oigo una voz fingida;
tan sólo cuando callo, digo:
«Estremeceos, soy la víctima marcada;
miro el altar de los sacrificios».

El jardí

El plàtan i l'arbre de les boles.

No el pi d'amor vora la mar salada,
no el faig lluent com un matí de guerra,
no l'olivera amb cendra de la vida,
no el roure vell de la malenconia,
no el xiprer fosc com estendard de mort.

El plàtan i l'arbre de les boles.

Petita, bona, dolça vida nostra,
com t'estimàvem!
Cap pensament on s'arrelés la por.
Tot era nou, feliç;
tot era estrany i sense cap recel.

El jardín

El plátano y el árbol de las bolas.

No el pino de amor junto a la mar salada
no el haya reluciente cual mañana de
guerra,
no el olivo, ceniza de la vida,
no el roble viejo de la melancolía,
no el oscuro ciprés, estandarte de muerte.

El plátano y el árbol de las bolas.

¡Pequeña, buena, dulce vida nuestra,
cuánto te amábamos!
Ni un pensamiento en que arraigase el
miedo.
Todo nuevo, feliz;
todo extraño y sin ningún recelo.

La primavera

Sempre he sentit la primavera nova,
l'afalac de les fulles en els arbres.
Però ha mort aquell impuls antic,
m'envellia de sobte. ¿Com podria,
quan tot s'esqueixa, sospirar feliç?

Em fa pena la saba que s'enfila
pels troncs renovellats, la prímula que neix,
el vespre que es perfuma i la nit tèbia.
M'espaordeix la vida que m'espera,
la paraula que creix per a morir,
ésser un altre enllà del meu silenci.

La primavera

Siempre sentí la primavera nueva,
halago de las hojas en los árboles.
Pero aquel impulso antiguo ha muerto,
y envejezco de pronto. ¿Quién podría,
cuando todo se hunde, ser feliz?

Me entristece la savia que asciende
por verdecidos troncos, la prímula que nace,
el perfumado atardecer, la noche tibia.
Me da miedo la vida que me espera,
la palabra que crece sólo para morir,
ser otro más allá de mi silencio.

Venècia i Empúries

Tot l'encís de Venècia són els carrers
                                    fets d'aigua,
i l'aigua no és blava com si fóssim a
                                    Empúries;
s'escorre sense pressa sota els ponts que
                                    l'abriguen,
talment aquesta mort que cada nit ens ronda.

Els bots per navegar-hi són estirats inegres,
es perden ente els marbres cisellats dels
                                    palaus,
i plou quietament en el pou de la vida,
com si no existís la mar blava d'Empúries.

El silenci s'abat en les aigües podrides
que descalcen els murs de casals i de temples;
talment aquesta mort que cada nit ens crida
cobrint d'ombra per sempre la muralla
                                    d'Empúries.

Venecia y Ampurias

De Venecia, el encanto son sus calles de
agua,
pero nunca es azul como la mar de
Ampurias;
va fluyendo sin prisas y sus puentes la
abrigan,
así esta muerte que de noche nos ronda.

Las barcas son allí alargadas y negras,
se pierden entre mármoles, cincelados
palacios,
y llueve mansamente en el pozo de la vida,
como si no existiese la mar azul de
Ampurias.

El silencio se abate en las aguas podridas
que socavan los muros de mansiones y
templos;
así esta muerte que de noche nos llama
cubriendo con su sombra la muralla de
Ampurias.

Tu has vist el millor: somniar és possible.
Aquells canals tan negres podrien ésser
blaus,
quan als ulls hi ha només la mar dolça
d'Empúries.
Jo he vist el temps bell i la mort que
s'apropa.

Tú lo has visto muy claro: es posible soñar.
Los canales, tan negros, podrían ser
                                    azules,
si sólo está en los ojos la dulce mar de
                                Ampurias.
Conocí un tiempo hermoso y la muerte,
                            tan próxima.

Jacob

Deixa'm una vegada només, com Jacob,
vèncer l'Àngel, l'inconegut, el rar,
$\qquad$ l'impossible.
Que el que d'imatge teva al fons de mi somnï,
s'aixequi bravament i creï.
Que els plors arribin fins al cel.
Faci's, Senyor, la teva voluntat,
però que sigui la meva una vegada només.
Escolta:
no he demanat ni l'or ni la glòria,
he demanat la vida del meu fill.
Ja ho sé: no del desig ni del voler de la carn
són nats, sinó de Déu.
Però, en el camí que em duia cap a una
$\qquad$ altra vida,
la més gran esperança es va lligar
a la meva sement cooperadora: això també
$\qquad$ de Tu venia.
Parla'm, parla'm, seré obedient,
el que cal ho saps Tu, el millor ho saps Tu,
però la teva veu no s'ha fet per a la meva
$\qquad$ orella,

Jacob

Déjame una vez tan sólo, como Jacob,
vencer al ángel, el desconocido, el extraño,
el imposible.
Que aquel que, hecho a tu imagen, sueña
dentro de mí,
se alce con bravura y cree.
Que el llanto llegue hasta los cielos.
Hágase, Señor, tu voluntad;
pero sea la mía por una vez tan sólo.
Escúchame:
no he pedido ni el oro ni la gloria,
he pedido la vida de mi hijo.
Lo sé: no sólo del deseo y de la carne
hemos nacido, sino de Dios.
Pero en este camino que me lleva a otra
vida
se unió a mi simiente
la más alta esperanza: esto también de ti
venía.
Háblame, háblame: obedeceré;
lo que es necesario, tú lo sabes, tú sabes lo
mejor,

tota la teva veu com el tro i la fúria i la mort.
Jo visc entre paraules i somnis i vels,
visc voltat dels arbres i del sol,
veig les dones i els nens cap a la font de
                                        plata,
els dies van llançar-me per camins
                                        d'aventura,
em comunico amb Tu a través dels meus
                                        versos.
Miserable, la vida em prem i m'aixeca.
Des de la vall de l'ombra i de la mort,
vull ignorar el que ha d'ésser: el bo, el
                                        perfecte.
Et prego, et forço:
mai no t'he obeït tant com ara que et
                                        contrasto.

pero tu voz para mi oído no está hecha,
tu voz entera, como el trueno y la furia y la
muerte.
Yo vivo entre palabras, sueños, velos,
rodeado de árboles y sol;
veo a mujeres y a niños ir a la fuente de plata
los días me lanzaron por sendas de aventura,
me comunico contigo a través de mis
versos.
Miserable, la vida me arrebata y me levanta.
Desde el valle sombrío de la muerte,
quiero ignorar lo que ha de ser: lo bueno,
lo perfecto.
Yo te pido, te fuerzo:
nunca te he obedecido tanto como hoy,
que te contrasto.

Fora de port

Em pesa tot el cap i el cor,
miro la tarda defallent
com un missatge de la mort
que sap, segura, el seu moment.

Que lleu i escàs aquest suport
que ens duia a tendre floriment!
Quan el trepig era més fort,
se'ns ha romput l'encantament.

Viurem des d'ara en el record,
fills de la boira i del lament,
i ens quedarem fora de port,
embarrancats, inútilment.

Fuera de puerto

Me pesa la cabeza, el corazón.
Y contemplo la tarde que declina,
mensaje de la muerte
que conoce, segura, su momento.

¡Qué leve y qué mezquino este impulso
que nos llevaba a un tierno florecer!
Cuando más fuertes eran las pisadas,
se nos rompió el encantamiento.

Viviremos por siempre en el recuerdo,
oh hijos de la niebla y del lamento,
y habremos de quedar fuera de puerto,
inútilmente, embarrancados.

La vida

Més que les flors et plauen les paraules
que et dic,
més que el mar agitat la nit de les novenes,
més que el crepuscle lent els jocs i les
rondalles.

Vivim massa sovint del que és bell en
els llibres
i mai no arribem a la rel més obscura.
Ho decoràvem tot, com si fos impossible
la duresa inclement de la pedra i de
l'aigua.

Com noies defallents vivim el pas de
l'aire,
la lluna arrossegant-se en el jardí de seda,
la boira que desfà ses glasses delicades.

La vida

Más que las propias flores te placen mis
palabras;
más que el mar agitado, la noche de novenas;
más que el lento crepúsculo, los juegos
y rondallas.

Vivimos demasiado de lo aprendido en libros,
y no llegamos nunca a la raíz oscura.
Lo adornábamos todo, cual si imposible fuese
la inclemente dureza de la piedra y del agua

Como muchachas lánguidas vivimos con
la brisa,
la luna que se arrastra en el jardín de seda,
la niebla que deshace sus gasas delicadas.

Indiferents remeis, una sola paraula
val més per al seu cor enfervorit de sobte:
val més en el reialme on res humà no s'usa,
on les flors no són flors, on la mar no s'agita,
on veurem cara a cara, definitivament,
tot això que ara és boira i crepuscle i
sospir.

Inútiles remedios, una sola palabra
basta a tu corazón fervoroso de súbito:
vale más en el reino en que nada es ya
humano,
las flores no son flores, no se agita la mar,
donde por fin veremos, cara a cara,
todo esto que ahora es niebla, crepúsculo y
suspiro.

Viure així sol

M'ha abandonat tota la seva força.
Ara he perdut el mirall del seu rostre,
el seu somrís al vent com un penó.
Son pensament no fruita per a mi.

Viure així sol és sospirar per sempre.
Em sou llunyans, vosaltres que ignoreu
aquesta mort que creix totes les hores.
És per això que trepitgeu tan fort.

Vivir así tan solo

Su fuerza me ha abandonado.
Y he perdido el espejo de su rostro,
como un pendón al viento su sonrisa.
Su pensamiento no me da ya frutos.

Vivir así es suspirar tan sólo.
Y que lejos os siento, vosotros que ignoráis
esta muerte que crece a todas horas.
Por esto pisáis fuerte.

El viatge

Hem posseït les nostres ànimes.
Hores passaven sense pressa.
Plorava a estones com la font,
i he vist la nit com s'enduria.

Tu i jo sabíem el que cal
i no ho hem dit mai a ningú:
lluny de la tarda hem defallit,
perquè floria un arbre.

Cap a quin lloc hem caminat,
feresa em fa de recordar-ho:
però tu saps que sols és bell
el sofriment que ens glaça.

Foragitats d'un món feliç,
no pot entendre el que hem viscut
qui viu enllà de la frontera,
i ara imagina el nostre dol.

El viaje

De nuestras almas hemos sido dueños.
Lentamente, las horas transcurrían.
Lloraba a ratos con la fuente,
y he visto endurecérsenos la noche.

Tú y yo, los dos, sabíamos,
y no hemos dicho nada a nadie:
hemos desfallecido lejos de la tarde
porque algún árbol florecía.

Hacia dónde caminábamos,
me causa miedo el recordarlo:
pero tú sabes que es hermoso
el sufrimiento que nos hiela.

De un mundo feliz expulsados,
nada puede entender de nuestra vida
quien lejos vive, en tierra extraña,
y nuestra pena se imagina.

Deixa que ens planyi vivament
qui s'encegava en plena boira:
també tenim la pietat
dins la forest de l'agonia.

Tots dos cantem fora del temps
que ells estimaven com la terra.
Això que dic, ho saben pocs;
el món és vell, però ignora.

Deja que se conduela vivamente
quien se cegaba en plena niebla:
también nos queda la ternura
en esta selva de agonía.

Hoy cantamos los dos fuera del tiempo,
que como a la tierra ellos amaban.
Todo esto, muy pocos lo conocen:
el mundo es viejo, pero nada sabe.

Jardins de Sant Gervasi

He vist el groc de la mimosa
en els jardins de Sant Gervasi.
He cobejat un altre món,
quan vanament les flors s'obrien.

Em feia mal el goig de tot,
la primavera enganyadora;
tot era bell, sense misteri,
mentre venia el gran esglai.

Quan va florir l'arbre més alt,
la mort s'enduia l'esperança;
algú m'ha dit que tot és bo,
que l'àngel passa per la vida,

que ara vivim en el tancat
d'orba bellesa que ens convida
i no sabem què és un espill,
que ens cal morir per viure.

Jardines de San Gervasio

La amarilla mimosa, en los jardines
de San Gervasio he visto.
He codiciado otro mundo,
viendo abrirse las flores vanamente.

Me hacía daño la alegría,
la primavera engañadora;
todo era hermoso, sin misterio,
y mientras el espanto se acercaba.

Cuando el árbol más alto florecía,
la muerte me robaba la esperanza.
Alguien me ha dicho: todo es bueno,
el ángel pasa por la vida,

vivimos encerrados en paraje
de una ciega belleza,
que es un espejo y lo ignoramos,
y es preciso morir para vivir.

Serà sagrat aquell indret
on han florit les flors i els arbres;
duien la mort en el seu joc,
com més florien més ploraven.

Tot es mesclava en el meu cor,
perquè sabés el que em calia:
néixer, morir, tot és igual.
Déu ens espera sempre.

Será sagrado aquel lugar
florecido de árboles y flores;
a la muerte llevaban en su juego,
y según florecían, más lloraban.

Todo en mi corazón se confundía,
para que así supiese lo que necesitaba:
nacer, morir, todo es lo mismo.
Dios nos espera siempre.

La seva mort

L'ús de la vida ens feia febles,
l'escàs plaer que hem collit.
Però ell vivia, sense futur,
el que és dolç i és terrible.
No demanava res.
Així el vèiem com un estendard,
com la llum des de la vall de l'ombra,
com l'edat d'or des de la terra obscura.
I era la mort, la seva mort només.

Su muerte

Vivir la vida nos hacía débiles,
el escaso placer que hemos cobrado.
Pero él vivía, sin futuro,
lo que es dulce y terrible.
Y no pedía nada.
Como un estandarte le veíamos,
como la luz desde el sombrío valle,
como la edad de oro desde la tierra oscura
Y era la muerte, era su muerte sólo.

Rossinyol

Tu també cap al núvol volaves,
i qui sap si la llei t'han dictat.
El teu cant, de retorn a la terra,
en el sol de la tarda, em fa mal.

Ocell, ocell màgic, allunya't,
rossinyol d'un abril senyalat;
massa prop el respir de les coses,
massa prop el prat llis
i massa alt el teu cant.

Ruiseñor

Hacia la nube, tú también volabas,
quién sabe si siguiendo algún dictado.
Tu canto, de regreso ya en la tierra,
en el sol de la tarde, me lastima.

Maravilloso pájaro, aléjate,
ruiseñor de un abril tan señalado;
están las cosas demasiado cerca,
está tan cerca el prado,
y tan alto tu canto.

La veritat

Hauria estat un amor com els dies.
Cap pregunta calia, bat la sang
com el respir i sembla nostra
la flor del temps, l'esvelta arrogància.

Però conèixer en veritat això
que ens venç i il·lumina, això
que ens porta al plor i a la mort,
també és com una altra naixença.

Mai no diré què m'estimava més.
Ara sóc presoner dins l'alta torre,
i xiscla el vent i no em coneix ningú.
Però Déu sap, i tu també, i escoltes.

La verdad

Habría sido entonces amor de cada día.
Sobraban las preguntas, late
la sangre y parece nuestra
la flor del tiempo, la arrogancia esbelta.

Mas conocer en verdad esto
que nos vence y alumbra, esto
que nos lleva hasta el llanto y la muerte,
también es otro nacimiento.

Nunca diré qué es lo que más amaba.
Ahora estoy prisionero en la alta torre,
y silba el viento y nadie me conoce.
Pero Dios sabe, y tú también, y escuchas.

Capvespre

Ponent encès, així la mort.
Sabíem que era ràpid.
Ens abandonàvem a l'exaltada llum,
al furiós vermell
que aixecà la carena,
el contorn precís de les coses,
l'espiral de la vida,
el darrer crit.

Perquè és segur
que si la veritat
intensament s'obre pas,
com un llampec
ens venç i ens destrueix.
I ve l'esglai, la nit;
llançats al pou,
tota la vida es juga en un moment.

Atardecer

Poniente encendido, así la muerte.
Sabíamos que era rápido.
Nos abandonábamos a la exaltada luz,
al rojo más furioso
que levantó la cumbre,
el contorno preciso de las cosas,
la espiral de la vida,
el grito último.

Porque es seguro:
si la verdad
se abre paso intensamente,
como un rayo
nos vence y nos destruye.
Viene luego la noche y el espanto;
arrojados al pozo,
la vida allí se juega en un instante.

Les hores de després són violeta,
una tristesa plana
sobre el món informe,
sobre el melangiós silenci
que avança orb pels camps,
sobre el que ja no veus i plores
perdut en l'ombra.

Después, las horas son violeta,
uniforme tristeza
sobre el mundo informe,
sobre el silencio melancólico
que avanza ciego por los campos
y sobre aquello que no ves y lloras,
perdido entre las sombras.

Records d'empúries

Antic d'amor, port de la llum,
hem amarrat la nostra barca;
no sé qui fou el constructor,
som innocents, han passat segles.

Érem dejuns d'aquest salobre,
fills del bon temps, de l'esperança;
naixem avui ran de la mar
on creix el mite.

Hores de pau ens aplegaven
en el migjorn assolellat,
mirant el mur fet or i mel
i el blau en calma.

Mentre navega el cos petit,
mentre la duna va creixent
i l'arrossar és verd de son
i en el canal camina l'aigua.

Recuerdos de Ampurias

Antiguo de amor, puerto de la luz,
nuestra barca amarramos;
no sé quién fue su constructor,
somos inocentes, han pasado siglos.

Este gusto salobre ignorábamos,
hijos de la esperanza y del buen tiempo;
nacemos hoy, junto a la mar
en donde el mito crece.

Horas de paz nos agrupaban
en el soleado mediodía
mirando el muro, oro y miel,
y el mar en calma.

Mientras navega el débil cuerpo,
mientras la duna va creciendo
y el arrozal es verde sueño
y en el canal camina el agua.

Quan a l'església dorm l'encant
d'un trist pitxer de flors de seda;
quan el llatí no té perfum
i és signe i ombra.

Escopetada al gavià,
aquell minyó que reia sempre;
jo m'he parat en els camins,
Cinc-claus que barren l'embranzida.

Venus es treia el seu cinyell
i s'ha tornat signe de pedra;
a penes riu en els camins
extraviats cap a l'encesa.

Hi ha correnties en la mar,
una ciutat que va clamant
en els fanals, les teranyines
que han cobejat l'escata.

Prou he dictat faules d'amor
sobre cavalls de tramuntana
i t'he contat el dol del món
com blat que creix i ignora.

Cuando en la iglesia duerme el hechizo
de algún triste –jarrón flores de seda–;
cuando el latín no tiene su perfume
y es signo y sombra.

Escopetazo a la gaviota,
aquel muchacho que reía siempre;
me he detenido en los caminos,
Cinc-Claus que frenan el impulso.

Venus se quita el cinto
y en un signo de piedra se ha tornado;
apenas ríe en los caminos
de la pesca al candil perdidos.

Hay en la mar fuertes corrientes,
una ciudad que va clamando
en los faroles, las traiñas
que han codiciado escamas.

¡Las fábulas de amor que te conté
sobre caballos de la tramontana!
Y yo te he hablado del dolor del mundo,
como trigo que crece y que ignora.

M'han consolat en nits serenes
els tamarius i aquests baladres,
he pressentit dintre la fosca
la gran muralla ombrívola.

Com un vaixell embarrancat
en el coster de l'elegia;
alga podrida en els carreus,
damunt davall el cant de l'ona.

Tu has jugat, infant, a fet,
en els vials de l'urbs desfeta;
t'has aixecat com de puntetes
fins on arriben els miracles.

També hem viscut en el sorral,
escalf de gres entre les runes
que el temps abat, indiferents
nosaltres i elles.

T'ho vaig contar quan ve la nit
sense trepig a la terrassa,
quan les estrelles s'han girat,
quan tot és fosc i plora.

Me han consolado en serenas noches
tarayes y baladres,
y allá en la oscuridad he presentido
la sombría muralla.

Como el navío embarrancado
en la costa de la elegía;
alga podrida en los sillares,
el canto de la ola sube y baja.

Tú, niño, has jugado al escondite,
por aquellos paseos de la ciudad en ruinas;
te has levantado como de puntillas
hasta la altura del milagro.

Y en el yermo arenal también vivimos,
calor de arcilla entre las ruinas
que el tiempo abate, indiferentes
nosotros como ellas.

Te lo conté, al llegar la noche
sin ruido, en la terraza,
cuando han dado la vuelta las estrellas,
cuando todo es oscuro y llora.

Quan t'adormies defallint
perquè la vida espanta,
i hem cobejat un camí cert
i no sabíem estimar-lo.

Ho vaig aprendre en els vells llibres,
ara m'ensenya l'enyorança;
la voluptat del meu saber
en plor fruitava.

Així són vius aquests records:
la mort els persignava.

Cuando desfallecido te dormías,
porque la vida asusta,
y un camino seguro codiciábamos,
pero apreciarlo no sabíamos.

Yo lo aprendí en viejos libros,
ahora me enseña la añoranza;
la voluptuosidad de mi saber
fructificaba en llanto.

Estos recuerdos permanecen vivos:
la muerte los signaba.

L'únic

A milers dormen, en innombrables ciutats.
Però n'hi ha un, un només,
ric de memòria en la seva despulla,
tot ell sol de país treballat
on canten rossinyols i les flors riuen.

Allà sojornarem. Tot és tardor,
però l'or del passat ens enriqueix.
On comença i on acaba la vida,
no ho sabria dir mai.
Així com el riu travessa les fronteres,
nosaltres anem més enllà de la mort.

El único

Duermen a miles, en ciudades innumerables.
Pero hay uno, uno solamente,
en sus despojos rico de recuerdos;
todo lleno de sol de país trabajado,
donde cantan los ruiseñores y las flores ríen.

Allí nos detendremos. Todo es otoño,
pero nos enriquece el oro del pasado.
Dónde empieza la vida y dónde acaba,
decirlo no sabría.
Igual que el río atraviesa las fronteras,
nosotros vamos más allá de la muerte.

Com si morís

No tornaré a la fosca fageda,
em feia mal el silvestre palau,
s'han fet sagrats el trepig i la greda,
el sol escàs i la molsa i la pau.

Anar-hi sol és dir a cada pas
que em falta cor per a tot el que em toca;
massa he plorat a la nit i a camp ras,
deixa'm callat i lligat a la roca.

Deixa'm tot sol sense cap pensament,
com si morís cada dia una embosta;
em trasmudà l'abrivada del vent,
ara em fa ric la claror de la posta.

Tot ha finit, el silenci m'abriga,
fill d'aquest son que ignorava el demà.
Tinc por de tot, i l'angoixa se'm lliga
com la llavor que no pot madurar.

Como si muriese

No volveré al oscuro hayal,
el silvestre palacio me hería;
son sagradas la greda y la pisada,
el musgo, el sol escaso y la paz.

Ir solo es decir a cada paso
que me falta coraje ante las cosas;
demasiado lloré de noche al raso,
déjame ya en silencio, atado a esta roca.

Déjame solo ahora, sin pensamiento alguno,
como si cada día fuese muriendo un poco;
me transformó el ímpetu del viento,
ahora me enriquece el claror de la puesta.

Todo ha acabado ya, el silencio me abriga,
hijo de un sueño que el mañana ignora.
A todo tengo miedo, la angustia me atenaza
como aquella simiente que madurar no puede.

Les coses

Indiferent, la rosa m'ha mirat:
–Sempre seré bellíssima als teus ulls.
Quan suportar no pots la soledat,
Vine'm a veure per saber si em culls.

Però la mà tindrà el batec glaçat
de l'home que girava innúmers fulls
d'un testament que no coneix bondat,
i ens mena a un freu ple de corrents i
esculls.

–Mira el meu vol com aprimava el cel.
Sóc rossinyol d'un dia sense tara.
Dintre l'espai he travessat el vel
on la dissort inútilment s'empara.

Però la nit convertia en bruel
aquell afany nascut en l'aigua clara,
i queda l'eco sense gust ni mel,
el desencant que el meu conreu amara.

Las cosas

La rosa me ha mirado, indiferente.
–Siempre seré bellísima a tus ojos.
Cuando la soledad no puedas soportar,
ven a verme a saber si al fin me coges–.

Pero tendrá la mano el helado latido
del hombre que volvía innumerables hojas
de algún testamento que ignora la bondad,
y nos lleva a un estrecho con corrientes
y escollos.

–Mira como mi vuelo el cielo adelgaza.
Soy ruiseñor de un día sin mácula alguna.
En los anchos espacios he atravesado el velo
donde la desventura persiste inútilmente–.

Mas la noche en rugido convertía
aquel afán nacido en agua clara,
y queda sólo el eco sin gusto y sin miel,
el triste desencanto que mis campos
empapa.

–Faig mon camí per un sender feliç,
dolços pollancs van resseguint ma via,
aigua de riu que ha recollit l'encís
que a tot tombant àvidament s'obria.

Jo sé la mort que coronà l'abís,
el mar absort on tot es confonia,
quan era lluny l'estreta del prat llis
i aquell mirall que ens enganyava un dia.

–Deixa't anar, la barca, sense esment,
ens porta al son que no té desconhort;
és pla camí el caminar del vent,
la gran cançó t'adormiria el cor.

Deixa't anar, quan ha minvat el vent
no hi ha remei. ¿Qui em portaria al port,
fora d'aquest obscur deseiximent,
el freu darrer, la insubornable mort?

–Yo sigo mi camino por sendero feliz,
dulces chopos siguiéndome los pasos,
río que ha recogido el hechizo
que, en cualquier recodo, con avidez se abre.

Yo conozco la muerte que corona el abismo,
el mar en donde todo se confunde,
cuando estaba muy lejos el abrazo del prado
y el espejo que un día me engañara.

–Tú, déjate llevar; la barca, sin cuidado,
nos lleva al sueño libre de aflicciones;
camino llano, el caminar del viento,
te adormiría el canto el corazón–.

¡Tú, déjate llevar; en cuanto el viento mengua
remedio ya no hay. ¿Cómo ir al puerto,
fuera ya de este oscuro desamparo,
estrecho último, la insobornable muerte?

Pelegrí a Saragossa

Tots dos vindríem, et vaig dir:
ara vinc sol, sense esperança.

Quan he sortit, la gran ciutat
era de plata i treballava.

Després he vist el camafeu
de Montserrat, flama morada;

i l'aigua esquiva dels canals
que m'endolcien l'ànima.

Hora foscant, la Seu de Lleida
ha criat corbs i un cel de xiscles.

Fraga dormia, vora el Cinca,
el son espès dels seus fruiters.

La nit s'estén sobre els Monegros
com una bèstia desplomada.

Peregrino en Zaragoza

Te prometí: iremos juntos,
y solo voy, sin esperanza.

Cuando salí, la gran ciudad
era de plata y trabajaba.

He visto luego el camafeo
de Montserrat, llama morada;

y el agua esquiva de canales
que el alma mía endulzaban.

Cuervos y un cielo de chillidos,
la Seo de Lerida criaba.

Fraga ya duerme, junto al Cinca,
el sueño espeso de sus frutos.

La noche cubre los Monegros
como una bestia desplomada.

L'Ebre transita més enllà,
amb la fatiga de les hortes.

Tots dos vindríem, et vaig dir,
i arribo sol, sense esperança.

Verge Maria, acompanyeu-me:
el cor em pesa com un còdol.

Els llums que tens i el teu vestit
fan pampallugues i em trasbalsen.

Si ja no em planyo del meu fat,
bé necessito el teu miracle.

Que pugui beure el vi que em toca,
més trist que abans, però en la calma.

Tots dos vindríem, et vaig dir,
i arribo sol, sense esperança.

Transita el Ebro al otro lado,
con el cansancio de los huertos.

Te prometí: iremos juntos,
y solo voy, sin esperanza.

Virgen María, acompañadme.
Me pesa el corazón, de piedra.

Las luces tuyas, tu vestido,
me deslumbran y me trastornan.

Si no lamento ya mi suerte,
sí necesito tu milagro.

Que beba el vino que me toque,
más triste que antes, pero en calma.

Te prometí: iremos juntos,
y solo estoy, sin esperanza.

Els asfòdels

No morirà solament en nosaltres
la vana fúria i l'engany primer;
també el que val més i voldríem
etern com l'estrella i la fe.

Callem per pietat de les coses.
Així es podreix l'aigua enllotada,
ningú no sap quin tresor s'ha perdut
enllà de la boscúria plena d'ombres.

Silenci gran, tan gran i miserable.
Com el més foll voldria el meu lament:
que ens bandegessin els homes de la terra,
seria veure els asfòdels sagrats.

Tot el que ens salva a la terra exigeix
que perdem el gran blat que collíem.
Encarat a la mort, no puc viure,
i la vida és més mort que la mort.

Los asfódelos

No morirá solo en nosotros
la vana furia y el primer engaño;
también lo que más vale y que querríamos
eterno cual la estrella y la fe.

Por piedad a las cosas nos callamos.
Se pudre así el agua encharcada,
y nadie sabe del tesoro perdido
en la espesura y en las sombras.

Silencio grande, grande y miserable.
Que mi lamento enloquecido fuese
y que nos repudiasen los hombres de la tierra,
sería como ver asfódelos sagrados.

Todo lo que nos salva aquí en la tierra
nos exige perder el trigo recogido.
Enfrentado a la muerte, no puedo ya vivr,
y la vida es más muerte que la muerte.

"E venni dal martirio a questa pace"

Sento una veu que em diu:
Tu ja no saps per on camines.
T'he arrencat del país clar:
és perquè cerquis la meva ombra.

Ja no veuràs els camps lluents
ni la pell tèbia de les coses.
El paradís que has somniat,
aigua de mort el colga.

Ara ha sorgit un altre món
que et feia por quan et mirava.
I quan l'oblidis sentiràs
un gust de cendra.

Així fa mal el mar brillant,
la primavera i la bellesa;
no pots mirar, t'habita el plor,
el plor i la boira.

"E venni dal martirio a questa pace"

Oigo una voz. Me dice:
has perdido el camino.
Te arranqué de tu tierra luminosa,
para que así mi sombra busques.

Ya no verás los campos deslumbrantes,
ni la piel tibia de las cosas.
El paraíso que sonabas
el agua de los muertos lo ha anegado.

Un mundo diferente ha surgido,
y tiemblas al mirarlo.
Cuando lo olvides sentirás
un gusto de ceniza.

El mar, así, hace daño, tan brillante,
como la primavera y la belleza;
mirar no puedes, y te inunda el llanto,
el llanto y la niebla.

Exiliat sense fronteres,
l'Àngel et vol com em volia;
tot ho veuràs sense mirall,
sense paraula.

Ara has sotjat el meu llindar,
viure com vius és viure a penes.
Aprèn, aprèn com he vingut
del martiri en aquesta pau.

En un destierro sin fronteras,
te quiere el ángel como me quería;
lo verás todo sin espejo,
sin palabras.

Ahora acechas mi umbral,
vivir como tú vives no es vivir apenas.
Aprende, aprende cómo he venido
desde el martirio hasta esta paz.

La fageda

Hem anat fins al cor de la fageda,
hem anat bosc endins i t'he trobat,
matí perdut de l'ànima.

Quan ja declina el temps i sense afany
el cor no espera un altre abril.
L'amor d'abans nasqué per a trobar
el rovell i la molsa de les pedres,
l'ensonyat pleniluni d'aquests troncs
i aquesta aigua de fulles que tremola.

Llavors era més jove el pas, i la fageda
naixia als ulls com en el jorn primer.
Més jove encara avui potser la veus,
tu que ja habites en cambres sense temps,
mentre camino sol i sé que és vella,
fins que no arribi el vent que obre les portes.

El hayal

Hemos ido hasta el fondo del hayal,
bosque adentro hemos ido y te he encontrado,
perdida mañana del alma.

Cuando declina el tiempo y, sin afán,
el corazón no espera otro abril.
Nació el amor antiguo para hallar
el moho y el musgo de las piedras,
plenilunio ensoñado de estos troncos
y el agua de estas hojas que así tiembla.

Entonces, era joven el paso, y el hayal
nacía ante nosotros como en el primer día.
Hoy, más joven aún quizá lo encuentres,
tú que habitas estancias ya sin tiempo,
mientras camino solo y se que es viejo,
hasta que venga el viento a abrir las puertas.

El mar

El mar arriba a la muntanya
i la muntanya arriba al mar.
Això cercava: el que és inmens,
delimitat.

¿L'amor que et porto sobreeixia
d'un altre segle derruït?
I sols reneix si li donàvem
contínua mort.

Et veia lluny, com si fugissis,
hoste reial del Gran Palau.
I dintre meu bé sojornaves
eternament.

El mar

Llega el mar hasta la montaña,
y la montaña, hasta el mar.
Esto buscaba: lo que es inmenso,
delimitado.

¿El amor que te traigo se vertía
desde otro siglo en ruinas?
Y renace tan sólo si le dábamos
continua muerte.

Como si huyeses, te veía lejos,
huésped real del Gran Palacio.
Y en mi interior, eternamente
permanecías...

El temps

Creix en el temps l'arrel del que hem viscut
i es va fent gran l'arbre de la malenconia:
envellir és com el tresor submergit
al fons del mar.

Prou s'aquieten les aigües al bon temps,
i torna a créixer la sang i la tendresa;
oblidar quasi és fàcil i riure,
però el tresor al fons del mar perdura.

El tiempo

Crecen las raíces de lo que hemos vivido,
crece también el árbol de la melancolía:
envejecer es un tesoro sumergido
en el fondo del mar.

Bien se aquietan las aguas en buen tiempo,
vuelve a crecer la sangre y la ternura;
olvidar casi es fácil, y reír,
pero el tesoro sigue allá en el fondo.

Història

Era un àngel que feia el seu camí
i sojornava uns anys a casa nostra.
Ens partírem el pa; tot era alegre.
Ara torna a ser fora.

Historia

Era un ángel que iba de camino
y un tiempo se hospedó en nuestra casa.
Nos partimos el pan; todo era alegre.
Pero ahora está lejos.

9 788499 161471